Peter Beicken
Kindheit in W.

Peter Beicken

Kindheit in W.

Herausgegeben von Friedhelm Pamp
und Rainer Frank

Paul-Hans Sievers
Verlagsgesellschaft mbH Wuppertal

1. Auflage 1983
ISBN 3-88723-019-1 (1480)
Umschlagidee: Peter Beicken
Gesamtherstellung: Wupper-Druck GmbH, Wuppertal

Sehnsucht nach einer anderen Geschichte Natur

die Stadt W.

der grüne Fluß das grüne Land
die grauen Würfel der Schieferhäuser
unter dem Niedrighimmel
das schwarzweiße Fachwerk
mit dem Jahrhundertfleiß
im Sektenstall des Tals
der rote Faden Rebellion hinein-
gewebt in den färberblauen Alltag
den verbauten Industrie Chemie
die Stadt hat sich bereichert
um den Graubeton
dazwischen grüne Blößen
die Dichterin sang ihre Seelen-
trauer in den Fluß
der blaue Traum der Himmelsleiter
zerbrach am Hakenkreuz
Vertreibung und Exil
der rote Widerstand zer-
schlagen im KZ
bevor sie brannten bekannten
sich die Kirchen
die Bomben hagelten ihr Feuer
in das Sterbetal
der Fluß tat seine Trauer-
arbeit die Grabeswände lang
die Stadt hat sich die
Wunden neu verbaut
die Narben blieben groß
genug für die Sehnsucht
nach einer anderen
Geschichte Natur

Vohwinkel

seit dreizehnhundertzwölf
sagen sich die Füchse
dort gute Nacht
Fabrikantenvillen
Häuserzeilen
Betriebe Industrieverkehr
der grüne Fries Natur
im steingrauen Werkalltag
ein paar Flurnamen
mit Nachklängen
Kirschsiepen Tesche
Kinderbusch
der Epigon von Rathausturm
hält sich Dohlen im Gebälk
in den Anlagen warten
die Rentner Kinder
auf die nächste
Schwebebahn
jede fünf Minuten
Endstation
ich kannte Krähwinkel
eh ich wußte daß
es das gab

Kartoffelfeuer

seit der Krieg aus ist
tut uns der Rücken weh
wir suchen die Kartoffelreste
aus den leeren Äckern
die schlechte Zeit macht
auch das Feuer kümmerlich
der Rauch beizt Augen Nase Mund
es bleibt der Brandgeruch der Häuser
die jetzt Trümmer sind
vor Schmerz hält sich Marie
die Schürze hoch
so hat sie sich
den Mund verbrannt

Burgholz

Heilig Abend vor der Tür
der weiße Schnee ist
unten Matsch
traurig die Roßkamper Höh
der Wasserturm steht Kopf
und spiegelschwarz
in den Straßenpfützen
der Wald tropft Löcher
in den Schnee
wir schlagen einen Tannenbaum
laut ist das Echo im Burgholz

nach Westen zu

die Züge verschieben sich im Tal
auf beiden Seiten der Bahn
gelbe Sommerflecken vom Raps
morgens die Amsel schweigt zur Sirene
aus den Fabriken fällt
Schweißlicht auf den Schulweg
nachmittags auf der Höhe im Wind
suchen wir unser Spiegelbild
Rothäute im Dauerlauf durch
Felder Buchenwäldchen
vor der Ziegelei
die Hügel ducken sich unter
den Wolkenmassen
nach dem Regen verschwimmt
der Himmel in Wasserfarben
rote Höfe schwarzweiße im Grün
nach Westen zu der Rhein
viel weiter als wir sehen können

Gruiten

die ausmarkierte Gegend mit
den Pappeln Weiden Buchenwäldern
die Hügel sind grün und
gelb kariert
über den schiefergrauen Dächern
hält der Kirchturm
dem Himmel stand
abends fällt ein rotes Licht
aus der Wolkenwand
die Zeit bleibt stehn vergeht

Schöller

die Düssel fließt nach Westen
lautlos hinter Pappeln weg
zum Fenster hin wo Heine
steht der winkt Napoleon
im Efeu an der Mauer feiern
die Vögel den Abend
mit Geschrei
ein grüner Freudenteppich
um den leeren Gitterkäfig
die Leute reden sich da ein
daß in dem Turm
der Schinderhannes saß
ihm blühte rechts
des Rheins auch nicht
in Mainz
ein Freiheitsbaum

Osterholz

die hohen Buchen halten an sich
über dem Loch
in der Erde
der alte Kalksteinbruch
grün ausgelegt
in der Mitte die Kastanie
Bilderbuchbaum
blüht brennt seine Kerzen ab
im Herbst holen wir
die Kastanien aus dem Feuer
die eßbaren
liegen im Laub
alle Fünfe grad
oben der Habicht
hat ein Auge auf uns
und stündlich ein
Flugzeug darüber weg

Bauer Bröcker

morgens vor dem Birnbaum
stand er kerzengrade
Anweisungen erteilend
für die Tagelöhner
ein wasserhelles Leuchten
in den Augen das am
Abend sich versprühte
wenn der Tag seinen
Glanzpunkt zusammenzog
die Knechte lagen schon
in ihrer Kammer
da ging er als feste
Silhouette vor dem Weiher
ins Haus
am hellen Eichentisch
hielt er mit seinen Händen
Messer Brot und Krug
die Hunde schlugen noch
ein letztes Mal
dann Stille die
dem Bild den Anschein
von Vollendung gab

Bauer Imbusch

der pflügte einen Nachmittag
als Staubpunkt am Horizont
mit jeder Wende kam der
Abend näher mit Aprikosenschimmer
die schwarzen Wälder saugten
grüne Wiesen auf
ein violettes Frösteln
fiel vom Baum
den Schalenfrüchten nach
da war es Zeit von der
Kastanie zu gehn
im Mondlicht stand der Hof
des Bauern Imbusch schlafbereit
der Heimweg war die erste
kalte Sternennacht
zu Hause auf dem Küchentisch
rollten die Kastanien
aus dem Sack
der schöne Glanz schon
voller Schwarz

das Kabelwerk

die leeren Sonntage damals
wir stahlen uns über den Zaun
stiegen auf die leeren Kabeltrommeln
der Himmel bekam Arme und
ruderte an den Bäumen
und Masten vorbei
was wußten wir vom Kupferpreis
im Koreakrieg
wir kamen so schwer in Fahrt
und hielten uns kaum oben
von hinten drohte schon
der Wächter mit seinem Hund

Haus Lüntenbeck

der kleine Rittersitz
schiebt seine Weiden vor
im halbverfallenen Park
sieht der stumme Gärtner
den Pflanzen das Wachstum nach
wir drücken uns die Hecken
lang stehen im Schatten
am Teich vornübergebeugt
halten in der zuckenden
Hand einen Frosch
in das Licht
Schatten spielen
auf der Haut
seelenruhig ziehen wir
dem Frosch
die Beine aus

Dornaper Wäldchen

Gehöfte seit alters
her über die Hügel
verteilt
verfahren Wege Felder
Interessen
die Baumalleen sind
schwarze Trauerränder
auf einem Kalkvorsprung
das kleine Wäldchen
auf nackter Erde blankem Stein
die Stämme dicht gedrängt
wie Namen auf der Warteliste
der Himmel läßt die
Zwischenräume durch
die in der Kälte
tödlich sind
daß diesem Wäldchen
jede Stütze fehlt
ergibt sich erst
nach langer Zeit

Eislaufen, Aprath

das Aprather Schlößchen
kuscht sich unter die
graue Hängedecke
am Horizont ein Riß
von den Uferweiden her
die schönen Schleifen
der Eisläufer
die Kufen schneiden
dem Weiher Blut ins Eis
bei jeder Drehung wächst
an den Fenstern
das Abendrot
der Riß im Eis
erweitert sich zum
schwarzen Loch
der Atem stockt
geht dampfend
entzwei

alter Steinbruch, Mettmann

ein Wasserauge in der
Landschaft
die Steilwände drehen ihre
kalkweißen Spiralen um
den blinden Spiegel
in der Mitte der den Himmel
aufrauht kein Wolkenglanz
ein Knistern im Gestein
das Echo vieler Explosionen
die Badenden halten
in Gruppen
die Vorsprünge besetzt
kochendheiße Luft
die Sonne macht den Kopf
leicht schwer
beim Sprung ins Wasser
lauert in der grünen Tiefe
eiskalt
der Tod

Kalkwerk, Wülfrath

die vielen Explosionen
blasen den Kalkschnee
nicht davon
das grüne Erdstück trägt
schon lange Schmutzigweiß
auf dem Verladeplatz
ziehen graue Wolken hoch
die machen aus der Luft
ein Mörserbecken
das Kalkwerk kracht vom
Steinebrechen
die Förderbänder laufen
um die Uhr
der Höllenlärm der Mahlstation
zerkleinert was sich vermehrt
wie Angst
der Alptraum Massenmord
wälzt sich heran
kein Mensch sieht
wie aus den Steinen
weiße Asche wird

Landgericht

auf dem Eiland
zwischen Barmen Elberfeld
das Gebäude der Justiz
klassizistisch ausgewogen
das lange Vordach der Loggia
auf den Säulen
der Laubengang ist leer
verschlossene Türen
zu den Spruchkammern innen
nirgends ein Ort
für die Allegorie
der Gerechtigkeit
keine Waage kein Schwert
keine Blindheit im Gesicht

Landschaftsmalerei

da ist ein runder Hügel
auf dem Hügel steht ein alter Baum
unter dem Baum sitzt ein Mann
aus dem Bauernhaus kommt
eine Frau mit Kind
die Familie sitzt jetzt im Grünen

der Himmel ist blau und
die Wolken sind weiß
das Wasser ist grün und
der Fluß ist ein Spiegel
das ist wie ein Bild vor der
Erfindung der Farbfotografie

mir war als Kindheit vorgesehen

meine Geburt

zwischen den Bomben-
nächten brannte
der Mai
meine Geburt fiel
in die Stille
nach dem großen Schmerz
Mutter weinte
vor Glück
du Sonntagskind
von der Klinik
blieb später kein Stein
ich wuchs auf
wußte lange nichts
vom Sterben
bei meiner Geburt
einmal sagte sie mir
in dem Krater
da warst du
mal drin
wußte ich
war
davongekommen

Kindheitsbaum

der stand am Bahndamm
zum Draufklettern
dort saßen wir winkten

schrien die Züge an
gingen unter im
Dampf und Geratter

nachts noch im Schlaf
blinkten die roten
Schlußlichter

doch dann spannte sich
über den Bahnkörper
das elektrische Netz

das verdarb uns die Schau
und holzte ab den
Kindheitsbaum

der Baum der Schreck die Angst

das ist schon lange her
ich weiß nur noch den Baum
das Haus mit dem Fachwerk
das Grün der Fensterläden
so grün da kam kein Gras mit
Schafe gabs auch
die grasten um den Pflock
kürzten die Kette im Kreislauf

der Baum war ein Birnbaum
da suchten wir Fallobst
aßen uns voll
bliesen auf einem Grashalm
schneidend laut zu zweit
lief uns die Gänsehaut
aber erst der Schreck wenn
alles still und dann die Angst

Jahreszeiten

der Frühling macht
zementgrüne Anstrengungen
der Sommer kommt groß raus
ein schneller Ausverkauf
der Herbst treibt es zu bunt
wird kahl
der Winter deckt die
toten Jahrestage zu
bevor es weitergeht
schneeweiß und
rosenrot

Kinderbusch

die langen Nachmittage
beim Verstecken in den Haselbüschen
der Farn ergibt ein Dach
auf grünen Stengeln
jäh scheucht uns ein Fasan
ins freie Feld
wir landen in einem Bombentrichter
fest in die Grasnarbe gedrückt
sehn wir am Himmel
den kreisenden Bussard
wie die Wolken jagen
uns klopft das Herz
bis wir gefunden werden

Frühlingsabend

auf den Fensterscheiben
noch Winterstaub
da brechen aus dem
kachelblauen Himmel
große Blütenknospen
Blumendüfte mit
Benzingeruch vermischt
Forsythien zünden gelbe
Feuer an die Weidenkätzchen
platzen sanft
von der Arbeit kommen
Leute die noch nicht
nach Hause gehen
Gespräche finden auf
der Straße statt
nicht Tag nicht Nacht
im Land
der erste milde Abend
probeweis

im Mai

der Regen wäscht das Land
im Mai
er hat so viel vor
der Himmel läuft aus
wie ein durchlöcherter See
in der regenklaren Luft
nachher blütenschnelle
Hoffnungen
auf der Zunge
der Nachgeschmack
des sauren Regens
wenn der Sommer
blaut

das Mädchen

der Fliederbusch hielt
den Geruch der Süße
nicht für sich
das Mädchen auf der
Waldkampfbahn
machte seine täglichen
Klimmzüge
hing an der Stange
die Kniekehlen eingehakt
die Arme frei
der Kopf lief ihr
rot an
der Streifen Haut
vom Nabel bis zur Brust
pendelte überm
unterm Horizont
dann schlug sie lachend
einen Purzelbaum
ein Schwindel der
im Gras liegen blieb

Kinderspiel

Freibeuterzeit im
Nachbargarten die grünen
Sträucher kratzen uns
mit Ungeduld
der Kirschbaum färbt
die Lippen Hände rot
das Mädchen merkt noch
nicht den großen Fleck
im Kleid
ein Schimpfen macht
uns kurze Beine
die Kerne fliegen
aus dem Mund
wir fallen atemlos
ins Erdversteck
lachen sitzen im Loch
was jetzt
angstfroh und
erdenschwer

Klatschmohn

wir haun uns
in das Weizenfeld
atmen die Junihitze
jeder einen Halm im Mund
schweigen wir uns zu
wir ziehn dem Klatschmohn
die Blätter aus
rote Seide
zwischen den Fingern
sehn wir den Regenbogen
aus der Erde steigen

Gewitter

die einzelnen Tropfen gaben
den Blättern anfangs keine
Probleme auf im Märchenwald
überrascht liefen wir
von Baum zu Baum
mit Masken aus Salz und
Schweiß wir leckten uns
die ersten nassen Stellen ab
Salz auf der Zunge liefen
wir ins Freie wo uns
der Regen ordentlich abwusch
durchnäßt bis auf die Haut
sahn wir die Wolkenwand
zerreißen und uns heimleuchten
mit Regenklarheit

der letzte Ferientag

morgens nur schnell aus dem Haus
die Brombeeren verziehn uns den Mund
wir springen um die Wette in den Teich
den Fröschen den Libellen nach
dann pitschnaß in die Haselbüsche
kein Vogel singt mittags
der Hunger bringt uns auf Trab
beim Mirabellenklau winkt der Bauer
gar nicht fröhlich
wir laufen in den Buchenwald
essen die sauren Früchte
weiß die Blätter über uns
vom Sommerschnee der Kalkwerke
bleich fragen wir abends bei Tisch
war das der letzte Ferientag

Drachen

September Oktober November
der Westwind räumt die Felder auf
in den Gärten gehn
körbeweise Äpfel Birnen ab
der Wald legt seine
Tarnkappe an
viel zu bunt
wir halten die Wolken
für überwindbare Berge
lassen Drachen steigen
schicken Papierbotschaften hoch
bis die Kordel reißt
ach Wind halt ein
kein rettender Strohhalm
wir sehn die roten Punkte
im Osten über Land
verschwinden

großer Bruder

oft wurde aus dem Kinderspiel
blutiger Ernst die Zeit
der fliegenden Steine
der schönste Treffer war
ein Loch im Kopf
das Wehgeschrei schlug
alle Feinde in die Flucht
Passanten hißten weiße Fahnen
kamen angerannt
wer hat denn da
ogottogott
es half da nur der große Bruder
der rächte jeden Tropfen Blut
schlug jeden windelweich
dann Waffenstillstand Friede
wieder Krieg
ein Kinderspiel war das

Kinderhände

was unter die Haut ging
die Splitter aus Holz
die Dornen vom Strauch
die scharfen Kanten
der Eisenspäne
blauer Stahl und
brauner Rost
die dünnen Scherben
der Blasrohre für grüne
Holunderbeeren
nicht der Ginster
nicht der Löwenzahn
nicht die Kirsche
mit dem Kern
nicht der erste
Samenfaden
was unter die Haut ging
kehrt alles wieder
im jetzigen Frost

die Amsel

der schwarze Vogel singt
sein Abendlied
der Schlaf nimmt diese
Klage auf
ein roter Vogel fliegt
im Traum der gibt
der Nacht die Märchenpracht
die Farben und das Gold
der weckt die toten
Seelen auf
mit seinem Frohgesang
morgens löscht die Sonne
das Nachtauge aus
Blei fällt aus
den Wolken
der Tag hat seine
Zeit legt
einen toten Vogel
ins Gras

auf Spatzen schießen

der Winterbaum hat sich
mit Spatzen vollgehängt
Plusterbällchen an den Zweigen
wie Weihnachtskugeln die
ohne Glanz auskommen müssen
der langgezielte Schuß
entleert den Baum
der große Wirbel wird
vom Schnee beruhigt
durch glattes Liegenbleiben
nach drei Minuten kommt
die Herrlichkeit zurück
die Zeit vergeht
die Kälte bleibt
der nächste Schuß
trifft wieder nur
Vergeblichkeit

Vorstadtsonntag

morgens die Kirchenglocken
jede Stunde oder zwei
Kaffeeduft durch die
Lochgardinen
Kringel spielen
im Licht
beim Ausläuten der Glocken
gurrt eine Wildtaube
im Baum
ein Schatten bleibt
davon zurück
wenn der Gemeindegesang
durch die stillen
Blätter rauscht

die Mundtrompete

von unten ist die Welt
ein Faß das sich leer
über seinen Boden wölbt
der Junge mit der Mundtrompete
spielt Clown und bläst
den Heuschreck aus dem Gras
der abgequälte Jammerton
macht aus der Stille
ein Geschrei
mit Echo in dem hohlen Faß
ein Fuß zuckt hoch
tritt die Trompete
in den Mund
der Schmerz macht
auch die Stille groß
bevor ein Weinen
in das Faß reinfließt
das von den Rändern
rasch die Mitte füllt

im Laub

hier findet mich keiner
das Gesicht an den
Boden gedrückt
die Erde riecht
nach Feuer und Rauch
wie tot daliegen
nichts raschelt im Laub
auf einmal ein Stich
in der Seite
nachher im Kellerlicht
Erschrecken über
den Fund
eine Patrone
noch scharf
vom letzten Krieg

Dachboden

unterm First
die abgelegten Dinge
sind vertraut und fremd
ein Rätsel dessen
Lösung entfiel
unter den aufschnappenden
Schlössern springt
das Vergessene hervor
die wiedergefundene Zeit
ist nicht
dieselbe die
verlorenging
nah der Gedächtnis-
verlust und das Wissen
wie groß der Abstand
zum Vergangenen ist

Kindheit in W.

mir war als Kindheit
vorgesehen
der Krieg der Bombentod
die Asche in der Atemluft
vaterferne Mutterzeit
das ahnungslose Überleben
gefüttert mit
Kartoffelschalen
Brennesselsuppe
Sauerampfer vom
Trümmerstück
eingezeichnet jetzt
die Kindheit
auf der Seelenwand
der Jäger
das gejagte Tier
der dunkle Zauber
und das kleine Glück
die Vorzeit
meines Ichs
damals
in W.

der ich nicht vergessen kann

Kinderbild

neben dem Brotkorb
und dem Kästchen
mit dem Haushaltsgeld
das Kinderbild
das Kind sitzt auf der
Gartenmauer im Licht
sich selber fremd
das Lächeln
getroffen vom Blitz
verschwunden ist der
Küchenschrank
die Stelle zwischen
Oberteil und Unterteil
hat im Gedächtnis Platz
das Licht das die
Kinderaugen blendete
warf seinen Schatten
vor zurück
was nicht vergessen ist
ich sage alles
was ich sah
die viele Angst macht
mich nicht froh

unser Tal

unser Tal Friedrich grünte
Garnebleicher in blauen Blusen
am viel zu bunten Fluß
zwischen Fachwerk und Schiefer

der Bergbau in England
war deine Geschichtsstunde
dir wurde klar dieses Schwarzweiß
brauchte die Farbe Rot

wie wurde die Wupper einfarbig
anno 1848
erst blutrot dann schwarz
vom eisernen Adler Preußens

ach Friedrich kaum kämst du
heute als Fremdenführer an
im Elternhaus der Engels
so anders ist was war

unser Tal ist ausbetoniert
überm Fluß die Schwebebahn
zu beiden Seiten Industrie
kaum Reste von Bergisch Grün

Petroleumsviertel

das zugeschnürte atemlose Tal
die Wupper eingezwängt
von Industrie Chemie
die Hügel Berge hoch
Mietshäuser aus der Gründerzeit
trauerschwarz und ausgebrannt
was Feuer fing im Arbeitskampf

Talsohle

was unten ist zuasphaltiert
Schnellstraße über
die Hügel
neben Fabrikmauern
durch die Gärten

vor dem verlassenen Hof
ein alter Traktor
eine Buche
zwei Birnbäume
ein Weiher

den Toten

sie nahmen sich vom Sterben
nicht aus
der Krieg verkehrt die Welt
im Mai brannten Christbäume
über der Stadt
die markierten den Piloten
Todesziele der Bombenhagel
machte aus den Häusern
ein rotes Meer
das staute sich
die Berge hoch
der Fluß floß durch
die Sterbezeit
und führte seine Toten
ihre Seelenasche
die wiederaufgebaute
Stadt zeigt
was geschah dem
der durch die Steine
sehen lernt

Bombennacht

der Tod fliegt durch
die Luft strahlend
befingert was den
Bewohnern blüht
fällt teppichweise
Brand- und Sprengbomben
der Phosphor steckt
sich Menschenfackeln an
im Feuerkessel schmilzt
das Tal zu einem
Klumpen Todeslava
was da geschah
ist noch immer
unterwegs
in den entferntesten
Raum
das stumme Licht
führte Klage
bis an das
Ende der Welt

bombensicher

das war der Tod
ich sah was blieb vom Krieg
die aus der Luft zerstörte
Stadt ausradierte
Wohngegenden
Trümmer im Tal
die Berge hoch
Schweigen und Geschrei
die Bayerwerke blieben
verschont
wer hatte da die Hand im Spiel
und führte die Piloten
so bombensicher
an dem Chemiekonzern vorbei
hin zu den Vierteln
wo die etagenweisen
Schläfer keinen Tod
erträumten

Spielplatz Loher Brücke

der Pfarrer der seinen Namen
hinterließ sah nie die Ruinen
neben der Metallfabrik schwungvolle
Balkone zerschossen im Krieg

da fuhr mich die Schwebebahn
vorbei zu den Großeltern
ich sah im Hof die blauen Kittel
den weißen nie Leben in dem Haus

ein Spielplatz ist jetzt dort
ein Griechenjunge spielt auf
einer Eisenbahn aus Holz
zwei Türken fegen den Park

auf der Bank an der Wupper
schau ich der Stadt ins Gedächtnis
das Vergangene vergeht nochmal
wie anders wie anders

1. Mai 1933

Anna Mirke deren Mann im
arbeitslosen Weimar vom
ungesicherten Baugerüst fiel
geht ihrem Sohn nach ins KZ
sie bringt dem Gestapomann
dem langen Becker der ihr Nachbar
ist in ihrer Einkaufstasche
Kaffee und Abendbrot und ihrem Sohn
die Uniform die sie von Beckers
Wäscheleine stahl
im Durcheinander der Transporte
die spät noch eingeliefert werden
steckt sie dem Sohn den Becker
sie kurz sehen läßt die
Kleidungsstücke zu in denen
er entkommt
Anna Mirke entfernt sich
übernachtet im Stadtpark
geht frühmorgens an dem
ersten Mai in ihre Straße
in der schon ein Kommando wartet
das rast im Wagen auf sie zu
sie wird erfaßt und mitgeschleift
in der Montagsausgabe erscheint
der Name dieser Frau als Opfer
eines Verkehrsunfalls
die volle Wahrheit der Geschichte
steht hier weil sonst keiner
von den kleinen Leuten spricht

Matinee 1958

das Kino war fast leer
als ich diesen Film sah
Nuit et Brouillard
einsamer nie so traf
mich Auschwitz
die Nacht- und Nebelwelt
Bilder wirklicher als alles
danach war nichts mehr
was es einmal war
der Sonntag regnete Asche
die Stadt ein Leichenhaus
am frühen Mittag
war es Nacht
der gelbe Stern
fiel in den Fluß
oh schwarzes Trauerland
dein Schrecken gab
dich preis
die Zeit hielt an
und sprang zurück
und gab mir die Geschichte
mit auf den Weg

Herr Kurz

er hatte die billigsten
Hemden am Ort
die Mutter sprach auch
gern mit ihm
er war wie sie
woanders her
in ihrer Mundart sagte
sie daß man hier
niemals heimisch wird
er nickte leise Ja Ja Ja
die Stoffballen mit
ihren roten Etiketten
gaben mir die ersten Zahlen
zum Entziffern
an seinem Arm die
blaue Nummer
verstand ich erst
als er nicht mehr lebte
mein Auschwitz
begann
in W.

der Lehrer L.

der kam aus russischer
Gefangenschaft weil ihn ein
Kamerad aus dem Leichenhaufen
zog als sein Arm sich noch bewegte
der brachte mir das Einmaleins
das Lesen bei vor und zurück
bis er zufrieden sagte du mußt
zur höheren Schule gehn
der Frau war dieser Mann vom Krieg
so fremdgemacht zur alten kam
die neue Angst ihr Gastod traf
ihn mit der Wucht die seinem
Leben keinen Ausweg gab
vor seinem Freitod traf ich
ihn das letzte Mal elfjährig
im Winter auf der Brücke
der Dampf der Züge hüllte uns
ein ich fand den Lehrer
der mir nahe war nicht mehr
der Dampf verflog er sagte nur
du wirst es schaffen und legte
mir zum Abschied Hände auf
die waren leichter als der Dampf
was mich gehalten hat war
ihm kein Halt mehr als
er ging

der Heimkehrer

über das Eisfeld die Ruinen
kam er als Fremder
vom Krieg beschuht
die Narben unsichtbar
feldgrau der Bart
die Mutter nahm ihn wie ein
kaltes Kind zum Wärmen auf
da wars ein Schokoladenkönig
mit englischem Tabak
Kaffee und Andenken aus
Kanada er zog ein
Biberfell vom Kopf
und lachte wie ein
lumberjack der allen
Bären trotzt
die Nacht zog er zusammen
auf den roten Punkt
der glimmte atemweis
ich war ein Ödipus
im Kinderbett
ich sah mein Schicksal
in der Nacht
und lernte von dem Mythos
daß der entkommt
der sich davonstiehlt
vor der Macht

Abendbild, fünfziger Jahre

was hier nicht stimmte
in der Welt
die Abendwolken wurden
zu schnell schwarz
der Horizont riß
aussichtslose
Löcher auf
Sirenen gingen in
der Nacht
die langen Züge
der Heimkehrer die
fielen auf der
Straße auf
die Augen lagen
ihnen tief
aus den Schornsteinen
kam rotes Feuer
schwarzes Licht
das grüne Erdreich
wurde braun
die Leute ließen sich
kaum Zeit für
einen Blick zurück

Kleingeld

das Geldstück das in meine
Kindheit fiel war
kein märchenhafter
Wundergroschen
der aus den Wolken stammte
es kamen Tage da gab
die Mutter mir morgens
zur Schule ein Geldstück mit
für Süßigkeiten Milch Kakao
bis ich begriff daß sie
das Geld aus einer Schale
nahm aus der ich selber
heimlich Geld entwendete
an einem Maitag fielen
mir die Groschen
durch die Taschenlöcher
wie bleich die Mutter war
als sie das Geld aufklaubte
und in die Schale tat
nie wieder sah ich ihre Lippen
so farblos wie an dem Tag
da ich verstand was sie
meinte wenn sie sagte
vom Munde abgespart
das kleine Geldstück wuchs
zu meinem Schuldenberg

Tod des Nachbarn

zum Haus gehörten die
Gerüche im Treppenhaus
das Türenschlagen im Wind
noch härter wenn es
Ärger gab
das abendliche Schlurfen
das Aussetzen der Stimmen
einmal war Stille
auch bei Tag
an einer Wohnungstür
war schwarzer Trauerflor
es zog ein langes
Schweigen durch das Haus
der Tod ist das Fehlen
des Nachbarn
bevor alles
weitergeht

Gang mit dem Vater

spät am Morgen durch den
Schneewald auf das
Eisfeld hinaus
schweigend im klirrenden
Mittag eine Fuchsspur
führt zu einem Rest
von Federn und Blut
ringsum glitzert das Land
ein Zug im Tal zieht
eine Schneewand hoch
die zerstiebt
das Glockenläuten stört
den Frieden nicht
am schneebedeckten Bach
entlang zur Siedlung hin
der Rauch über den Häusern
ist kein Trost für
später wenn ich diesen
Weg abgeh im Kopf
dein Schweigen ist
das Eis das
nicht mehr taut

Großvater

ein grauer Putz das wieder-
aufgebaute Haus ein Stockwerk
hoch – kein Fachwerk Schiefer
Bergisch grün
wir standen vor den Rosenbüschen
dem Rhododendron späten Azaleen
der Blütenschnee vom Mai
war längst vorbei die Birnen
hatten angesetzt die ersten
Äpfel lagen unreif im Gras
Großvater warnte mich nicht
davon zu essen
im Haus gaben seine Weberhände
dem Buchfinken seine Freistunde
im Zimmer der Vogel hüpfte
zwischen den Familienbildern durch
ein fremder Onkel stand da als
Soldat freiwillig vor dem
ausgebombten Stalingrad
Großvaters Warnblick verschwieg
nicht den der mitgelaufen war
bei der Geschichte deren Ende
so bitter war

Großmutter

immer im Sterbeschwarz
vom Hals bis an die Knöchel
sie trug im weißen Haar
den Märchenfaden ihres Lebens
ein Zauber verknotet
am Hinterkopf
sie lehrte mich das Kartenspiel
die Buben neben schöne Damen
legen derweil die Könige zuschaun
ach ihre Liebesstrenge duldete
keine Verschwendung der Zärtlichkeit
ihr Abschiedskuß hielt mir
die Kindheit wach
Großvaters Tod warf sie aufs
Kreuz mit einem Trauersturz
die Kinder standen um ihr Bett
sie legte jedem die Hände auf
der schwache Druck war stark
ein Augenblick der sich am
Leben hält

der ich nicht vergessen kann

die erste Rotdornblüte
die stach mir die
Finger wund
der Bettler der Hausierer
der Soldat im Todesschlaf
der höchste Punkt
des Trümmerhaufens
der frühe Mittag mit der
Sonnenfinsternis
die Kreideschrift
am ausgebombten Haus
Vater wo bist du
der numerierte Arm
die leise Judenstimme
die platte Sprache
meiner Stadt
ehrlich offen mit
Trockenwitz und Kurven
an den Rändern
für die versteckten
schönen Winkel
die es einmal gab

von allem weg
fern nah
Schreiben
Friedensarbeit
daß unvergessen bleibt
der Krieg
und was dazu geführt

weil sonst keiner von den kleinen Leuten spricht

die alte Hausfrau

morgens schon sah ich sie
durch das offene Fenster gegenüber
als erst noch das Klappern
in der Küche zu hören war
gleichmäßiges Hin und Her
das mich länger festhielt im Bett
oder die Bewegung des Körpers
am Waschtag beim Aufhängen
Bücken Ausschütteln Strecken Hände hoch
sie lief auch wenn sie stand
beim Einkauf überall
einmal im Jahr das verrutschte
Lächeln nach dem versuchten
Urlaub bei Verwandten
leer ist das Viereck jetzt
die Häuser anders
die Schatten gingen
in ein andres Grau

der Hausierer

unvermutet wie die Jahreszeit
doch wie erwartet kam er
die Lade vor dem Bauch
Kurzwaren Nadeln Zwirne
Knöpfe das Sortiment der Dinge
für die Flickarbeiten
ein großer Mensch hinkend
er sprach vom Krieg mit einem
Lispeln als sollte ich ihn
nicht verstehn nie bat er um
etwas und vor dem Abschied
sann er nach ist das schon
wieder so lang her
einmal im Regen mit Wasser-
rinnen auf der Stirn beugte
er sich immer leiser werdend herab
als er dann in der Küche saß
die Suppe löffelte befiel mich
meine erste Scham die Mutter
sagte später nur der hat
geweint wie's arme Tier

der Rentner

das Einerlei der Gärten
hat seinen Rhythmus
aufgezehrt der eine Rentner
sitzt auf seiner Bank
wartet auf den Glockenschlag
er geht ins Haus und
läßt die Abendschau
vorüberziehen beim Essen
rot hängen draußen
die Äpfel am Baum
die Schale auf dem Bord
steht leer
der Abendschein fällt
in das Zimmer
vergoldet Schale Bord
leuchtet wie
ein Stück vom
Ende dieser Welt

der Bettler

er sitzt am Eingang
seiner Unterwelt
das Donnern der Züge
drüberweg
die Autos verändern
abrupt ihr Fahrgeräusch
der Bettler bleibt sich
gleich jahrzehntelang
derselbe Hut
die Blindenbinde
der weiße Stock
das linke Hosenbein
zur Hälfte umgeschlagen
eine Falte die
nicht knittert
auf dem Akkordeon
singt er sich
von diesem Pflaster fort
in große weite
Selbstgespräche
der Vorstadthimmel
blinkt nur grau
wenn ein Passant
ein paar Münzen
in den Hut
reinwirft

Metallarbeiter

die Sonne hält sich am
späten Nachmittag die Waage
an den Gitterfenstern
das Surren der Maschinen
singt sich vom Hallendach
auf den Boden runter
der Mann vor seinem
Schneidetisch wischt
mit dem Lappen
Hebel Leisten Knöpfe
das Neonlicht gießt Milch
ins Bild das aus dem
Rahmen fließt
bis die Sirene geht
am Ausgang Stau
wer Feierabend sagt
ist in dem Gedränge
schon anderswo

Dreher, nach dem Krieg

die Halle vernebelt vom
Drehgeruch der Dreher an
seiner Drehbank
hält den Blick fixiert
auf den Eisenspan
beim Sprechen flackert
in den Augen ein Licht
das nicht vom Neon kommt
er nennt präzis die Zeit
im Folterkeller des KZ
der Lappen um die linke Hand
verdeckt die Krüppelfinger
die wischen von dem
warmen Eisen die
weiße Milch
beim Übergeben der
schweren Form
sein Blick als gelte
es das Leben

Unternehmer, nach dem Krieg

die weiße Villa in dem
grünen Hang hält sich
zu beiden Seiten Blutbuchen
der Morgenschein blitzt
auf der Mauer wenn sich
die Sonne an den Scherben
schneidet
der Unternehmer geht den
Kiesweg runter dynamisch
federnd schnell
die Straße lang
den im Fabriktor Verschwundenen
nach zwischen wiederaufgebauten
Mietskasernen eine Fassade
mit wolkengrauen Fensterhöhlen
in denen nehmen die Schatten
Gestalt an bis die Fräsen
der Fabrik alles
in tausend kleine
Stücke schneiden

Fabrikantensohn

das morgendliche Scherbenfeuer
formte einen Ring auf der
Umfassungsmauer um das Herrenhaus
der Fabrikantensohn küßt
seiner Frau Mama die
Seidenhände im Morgenmantel
der Herr Papa wirft schöne
Worte mit der Kußhand
aus dem Hinterhof
sein rotes Schmißgesicht
sagt etwas das im Dröhnen
untergeht die Stanzmaschinen
im Betrieb wirbeln den
alten Staub tagtäglich neu

der Pförtner

nachts im Glashaus
am Eingang der Fabrik
sitzt der Pförtner
zwischen dem Rundemachen
vorgebeugt am Tisch
die Arme aufgestützt
vor sich das Buch die Lampe
daneben Mütze Schlüsselbund
ein Hopperbild
der Einsamkeit
das rote Licht
wirft blaue Schatten
auf dem schwarzen Heimweg
durch die Nacht
ist dieses Bild der
Anfang der Ankunft
zu Hause auch wenn
der Weg noch doppelt
so lang ist

Hilfsarbeiter

die in den Arbeitsjacken
lachten pausenlang
wie der durch den Fabrikhof
schlich ein zugelaufenes Tier
die Angst im Nacken die
ihm die Ladung von der Karre
stieß beim Sprechen
schwitzten seine Haare Blut
nichts ließ sich aussortieren
von den Stammelsätzen
am Zahltag trollte sich
das Bündel Mensch
vor der Kneipentür
alle Wunden offen
im Straßenstaub
die Blutspur
bis gar nichts mehr
nicht mal ein
Rest

der Schornsteinfeger

der fährt mit seinem Fahrrad
durch die Luft steigt an
den Rauchsäulen in die
Keller runter ein schwarzer
Mann der uns erschreckt
mit Asche auf dem Kopf
süß riecht sein Lederzeug
vom Ruß der Kugelbesen
glänzt matt
wir möchten alle fliegen
können doch
traut sich unser
Kinderblick kaum
auf das Dach hinauf
der Schornsteinfeger steigt
in das Wolkengrau
und macht den Krähen
Himmelangst

der Hemmschuhleger

hell singt das Eisen
durch die lange Kindheitsnacht
die Lokomotiven pfeifen
grüne rote Sterne herbei
der Schuttberg der zerstörten
Stadt rollt jahrelang
zum Meer der Hemmschuhleger
steht an seinem Berg
und legt den Eisenvogel auf
der schreit und fliegt
wenn ihn ein Wagen trifft
dann eines Morgens hat
die Sonne Mühe mit dem Tag
der Vogel ist verstummt
der Hemmschuhleger
liegt zerquetscht
der Schuttberg ist
sein Grab

die Zwiebelfrau

alle Tage Küchendunst
das Fenster gibt den Tränen
freien Lauf die Zwiebel
macht die Augen messerscharf
dann blutsanft
auf dem Tisch
das Salzfaß und das Brot
Scheibe um Scheibe
fällt auf den Teller
wie dieser Schmerz nun
wirklich ist steht
auf des Messers Schneide
der Kopf hält sich
zum Fenster raus
die weichen Augen
werden wieder hart
rotschimmernde Erinnerung

der Kohlenträger

Hundstage die heißen
Nachmittage schwitzen ihre
Nässe aus eine Zitrone
im Mund steht die Hausfrau
im Fenster überwacht
den Kohlenträger
die bloßen Arme seit
Stalingrad nicht mehr
berührt
der Kohlenträger hat den
Buckel voll Briketts
sein Bauch balanciert
massiv den schwarzen Stapel
der in dem Kellerloch
verschwindet
die Frau rechnet mit
Billigstpreisen
und zahlt dem Mann
sein Trinkgeld aus
sie hält sich an der Türe
die Arme da wo
sie empfindlich sind

Penner, Alte Freiheit

im Sterbemonat dieser Stadt
der Sommer läßt sich Zeit
vergißt den Weitergang
urlaubsleere Straßen
die Penner lungern
auf dem öden Platz
die auf den Bänken pfeifen
käuzchentief
auf ihren Flaschen
ein dünner Langer hält
sein Täubchen läßt
die Federn fliegen
der auf dem Boden
krümmt sich von
Kopf bis Fuß
ein Schattenriß
Zeit Tod
ihm alles gleich

Penner, Kolpingstraße

der kleine Platz dreht
sich betrunken im Quadrat
der Penner torkelt
in dem Kreis
kann nicht stehen
nicht fallen
der Kopf ist viel zu klein
für all die Kinderwünsche
die flattern taumeln
durch die Luft
am Brunnenrand schlägt
sich der Mund
die Lippen rot
kein Wasserecho
der Stein bleibt
trocken hart

Schwuler

das Pissoir war der
Treff
Schwaden unatembarer Luft
drinnen das fremde
Beieinanderstehen
gesenkte Köpfe
in den Rost der Rinnen
am Eingang Ausgang
der Mann die Frau
bildschön
ein schneller weicher
Blick und Suchdienst
der Augen
die machten Kinderangst
gleich wegzulaufen
dazusein
was denn gemeint
nicht Fisch nicht Fleisch

lila Punk

der lila Punk in der Straßenbahn
mit dem Rücken zur Fahrtrichtung
ich seh an ihm vorbei und
kenn mich doch nicht aus
er fragt du bist wohl nicht von
hier ich war einmal von hier
er tastet mit den gelben Raucherfingern
die Goldbeschläge seiner Lederjacke
ab sein Seidenschal verrutscht
ich frage ihn wo denn der Strich
jetzt wär er findet daß es in
Düsseldorf viel besser geht
dort wären die Tunten keine
Konkurrenz ich frage ob er auch
manchmal drückt er hält die
Tupfer auf dem Handrücken nicht zu
mit einem Hundeaugenblick flüstert
er wie poppig das doch ist
gib auf dich acht sag ich
er nickt mit seinen bleichgrün
roten Schläfen steigt aus am
Döppersberg ich schau ihm nach
wie er am Fluß entlang sich
durch die Leute schiebt
in der Kniekehle seiner Jeans
blitzt ab und zu das aufgenähte
rosa Herz

Ballettprobe

im ausgedienten Lichtspielhaus
kalter Zigarettenrauch und Mief
die Tänzer auf der Bühne
verstecken sich in dicken
Wollbehängen die Köpfe kreisen
auf den Schultern lose aufgesetzt
die weltberühmte Leiterin kommt
durch den Seiteneingang
sie macht sich auf der Bühne
spindeldürr eine Silhouettenfrau
Bergschuhe an den Füßen
die Tangorhythmen auf die
Bretter schleifen
ich tanze weil ich traurig bin
das Licht geht aus
bei Notbleuchtung machen
die Schatten weiter
ich schließe die Augen
falle durch Dunkelheiten
in Zeiten mit dem Totentanz

Schauspielkunst

die Bühne als Kontakthof
drei Häuser bilden eine Mauer
durch das Gittertor dreht
sich ein Original vom Typ
Husch-Husch die Schlampenerna
schimpft du machst mir
meine Pferde scheu hau ab
sie keift und schlägt mit
ihrer Handtasche
zwei Kunden kommen aus
den Ecken tragen den Husch-
Husch zum Eingang raus
dazu ganz sanft La Paloma
über die Lautsprecheranlage
alles halt! die Schauspieler
bleiben an ihren Plätzen stehen
rauchen der Regisseur
will mehr Sinn
für die Realität

*Bauernmädchen**

der kurze Hals macht
ihre Schönheit knapp
für Hochzeit Leichenzug
ein schwarzes Kleid
das Leben im Dorf
hat seinen Griffel
angesetzt gezeichnet
ist der Kopf
der Blumenkranz im Haar
ist eine Dornenkrone
das Antlitz voller
Sommersprossen von einem
Aschewurf der vor Begehren
schützt die Augen
träumen sich
halboffen in den Betrachter
der Mund hält unbemerkt
sein Lächeln
in den Winkeln fest
das Bauernmädchen hat
im Bild nicht diese Last
des Marmors der die Madonnen
mit Ewigkeit beschwert

*nach einer Photographie von August Sander (1876–1964)

Else Lasker-Schüler

die Kindheit in der Wupperstadt
Liebesfäden verknotet und zerrissen
der bunte Wanderzirkus deiner
Phantasie auf Tibetteppichen
ins Morgenland
die schönsten Zauberkünste
für Dichterfürsten
im Liebesgarten
umstellt von Einsamkeit
die Himmelsleiter
vor dem Fall
ins irdische Jerusalem
die Welt verroht
vom Nazibiest
die Judenklage zerbrach
die alten Kinderreime
im Erdreich hat die Liebe
noch kein Grab
Schwester auf deiner Seelenfahrt
bitt für uns mit

wie ich so geworden bin

Stufen

Beim Aufgang zum Haus. Die Freitreppe. Die erste Stufe, Steinstufe, Beton. Mit einem daumennagelgroßen Loch von dem Kiesel, der sich herausgelöst hatte, sein Negativ hinterließ. Moosgrün an den Rändern und im Sommer ameisenvoll. Die zweite Stufe, makellos gegossen, glatt, gut erhalten, nicht abgetreten und doch auch getroffen, als das Haus gegenüber zerbarst. Mitten, wo der Fuß aufsetzt, sich wieder abhebt, der Krater eines Einschlags. Der drehte den nackten Zehen Sandkörner an in den rauhen Kraterwänden. Der Krieg, eingeschrieben in diese zweite Stufe, drang nicht tiefer ein, war abgeprallt mit dem Krater als Spur. Die leere Oberfläche der dritten Stufe. Eine scheinbar gleichgültige Glattheit bis auf den Sprung im Beton am Eisengitter, dessen Rost dem zur Kante fließenden Riß die rote Farbe eines lehmgefüllten Stromes gab, der noch nicht braun geworden ist. Die vierte Stufe, an den Rändern abgesplittert, zerfressen vom Wintersalz, selbst beim Daumen-entlang-Ziehen zerbröckelnd, ist die schwächste. Der Kies im Innern des Betons. Ein Körper, aufgeschnitten, die Knochen bloß, das Innere halb freigeschält. Die fünfte Stufe, Haltestufe bei der Rückkehr vom Milchholen. Immer das Ansetzen der Aluminiumkanne vor der ersten Stufe, das Schwappen der Milch in den geöffneten Mund im Rhythmus des Steigens bei jedem Stufenschritt. Aber Halt auf der fünften Stufe. Die aufgerauhte Glätte unter den nackten Fußsohlen. Absetzen der Kanne. Luftholen. Wiederansetzen. Zwischenstation. Und dann ins Haus, über den dunklen Hausflur und die kalten Fliesen, Milchtropfen auf beiden Seiten des Mundes, die Treppe hoch zur Wohnungstür. So hab ich die Jahre des Steigens erlebt, von Stufe zu Stufe, die Kanne am Mund, das Geschwappe balancierend, Welle auf Welle der frischen, metallkalten Milch.

mein einer Großvater

vom andern erzählen vier Bilder, die es nicht gibt. Die hab ich miterfunden beim Nachdenken über den, den ich gar nicht kannte. Sich mit Vorfahren bevölkern, erdschwer machen, Wurzeln schlagen.

Das erste Bild zeigt einen erstarrten Lehrling in der Lederschürze. Der Hammer liegt auf dem Amboß, als wäre er festgewachsen. Dahinter das dunkle Eingangsloch der Schmiede, vom Feuer keine Spur. So in der Arbeit stehen, tagtäglich. Im zweiten Bild richtet sich ein strammer Brauereifahrer auf in seiner fast militäri-

schen Uniform. Die Mütze unterm Arm, der schön gezwirbelte Schnurrbart, Habachtgestalt. Mit dem hätt ich gern Fässer rollen, leeren wollen. Wie der nur schaut, der Schwabe, Augsburger. Ist das die große Müdigkeit oder sein lebenslanger Traum. Und dann der wirklich voll uniformierte Chauffeur des Herrn Offiziers vor Metz im Feld, wieder die Mütze unterm Arm, die Haltung zum Brechen steif, außen Holz und innen Sprung, ein Wagenlenker, vom Bombenhagel noch nicht zum Torso gemacht. Das Blitzen in den Augen, Schützengrabenblitzen, auch der geputzte Wagen blitzt. Was er alles abgefahren ist. Dafür kommt er davon. Zur Mitte hin das Weiche in den Augen, diese Schläfrigkeit bei Tag, vom Strammstehn, Wagenlenken, Schlafwandeln im Krieg. Das vierte Bild. Wieder der Fahrer einer Brauerei, die Freibier an die Soldatenräte in München verteilt. Da verwischen sich seine Spuren schon. Genug, daß er dabei war, ich mache keinen Held aus ihm. Er stirbt ja ohnehin sehr schnell, die Frau ihm nach, die Mutter, Doppelwaise, kommt an den See, wächst unter Fischen neben Kühen auf, riecht das Heu, den Weizen, Hafer. Das alles paßt nicht mehr ins Bild. Dieser Großvater nahm sich fort aus der Inflation, dem Aufschwung, Untergang. Die vier Bilder haben ihre Geschichte erzählt, in der Sprache der Augen mit dem fixierten Blick. Mein einer Großvater, den hab ich noch gekannt. Der war Bandwirker. Der Älteste von vierzehn Kindern. Mit sechzehn wurde er der Vater der Geschwister. Er hat sie alle durchgebracht mit Hilfe seiner Mutter. Die legte sich dann eines Tages einfach hin, erschöpft, den Kopf voll Müdigkeit, als auch das jüngste Kind alt genug war, in die Webfabrik zu gehen, und starb weg. Hörte auf zu leben, wie man den Atem anhält, um nachzudenken, wie eine, die zur Ruhe gekommen ist, weil ihre Feder innen sprang.
Dieser Großvater ging vom Oberbergischen nach W., wo in der Stadt die wirklich großen Bandwirkereien und Webfabriken waren. Er arbeitete, was das Zeug hielt, heiratete sein Gegenteil; die Frau trug seit der Hochzeit Sterbeschwarz. Sechs Kinder, eines starb. Ein Grübelwesen, das strenge Liebe forderte mit unendlich großer Zärtlichkeit. Großvater baute ein kleines bergisches Haus, Fachwerk und Schiefer, ein Doppelhaus mit einem Nachbarn nebenan. Der Hintergarten am Hang mit Birnbaum, Laube, Rasen, Hortensien und Azaleen. Eine Edeltanne im Vorgarten, Rosenbüsche, Rhododendron. Im Schwarzweiß des Fachwerks, vor dem Schiefergrau die grünen Fensterläden, bergisch grün. Am Wochenende sang Großvater im Turnverein, rote Lieder, die verboten waren. Er sang sie über die Schulmauer hinweg. Mit ihm die andern. Gesang und Trinken. In der Laube am Hang. Die Arbeitsjacken machten den Rasen blauschwarz. In den Pausen rief das

Käuzchen oben im Wald. Das schwarz-weiß-grüne Haus im Abendrot. Die andern Sänger blieben in Flandern, an der Marne, Rußland und Italien verscharrt, als diese Stadt dem Kaiser ihre Soldaten lieh. Der Krieg war aus, rot wurde Wuppertal, ein kurzes Sozialistenrot, dem die Inflation das Hungertuch anhing. Großvater webte weiter, vernarbte Finger prüften den Faden, die Farben, echt rot, blau, schwarz und braun. Das Singen half den andern, die ihre rote Straße gegen die Braunhemden verteidigten. Die Klebekolonnen der Nazis flogen, Pinsel, Kleister und Plakat, über die Schulmauer auf den tiefergelegenen Hof. Wer sich die Knochen bricht, sag danke bei der Partei. Verhaßtes Braun, das auch die Stadt ergriff. Im Lager Kemna Arbeiter, Bürger, Juden. Der Naziterror macht ein Jahr lang Ortsgeschichte. Großvater webte rot und schwarz, schwarz nur noch, als sein Ältester freiwillig nach Stalingrad sich meldete. Totschweigen des Abtrünnigen, der nach dem Krieg das Heimathaus aufbauen mußte, der Maurer und Polier. Die weggebrannte Stadt zeigte ihm die andere Seite von Stalingrad. Großvater wartete in seiner Laube, bis der einstockwerkhohe Grauverputz fertig war. Er hielt sich Finken im Käfig, denen er jeden Tag eine Freistunde gab. Großmutter strickte aus der Wolle, die sie gerettet hatte, ihm seine letzte Strickjacke, ein helles, fahriges Grau, mit schwarzen Spuren drin. Da stand er achtzigjährig im Oktober 1952 wie einer, fertig zum Gehn. Das Bild zeigt ihn mit seinem proletarischen Lachen in den Augenwinkeln, die sich als Krähenfüße auf der Haut verlaufen. Ein Lachen, das den Betrachter angeht in dem Augenblick, wo sich im Blick die Stücke der Geschichte zum Bild zusammenfügen. Das Lachen in den Tränenspuren ist deutlich sichtbar wie etwas, das sich nicht verwischen ließ im Ablauf der Zeit.

wie ich so geworden bin

Die es getan hat, meine Mutter, trug mich an einem Sonntag im Mai den Berg hoch, Wehe auf Wehe in ihrem Leib. Den Schmerzberg hinauf zur Klinik am Toelleturm in Barmen. Muttertag 1943. Der sechzehnte Mai. Nach fünf der warme Sonnenschein auf Forsythien und Azaleen. Zwei Wochen später zerrissen Bomben die Klinik und zwei Drittel der Stadt. Ich überlebte im Luftschutzbunker, an den Mutterleib gepreßt. Als wir aufstiegen in die glimmende Asche, den beizenden Rauch, lernte ich hell dunkel unterscheiden. Ich spüre die Erinnerung an etwas, das sich nicht festlegen läßt: die unbekannte Angst.

Als der Krieg aus war, kannte ich von den Farben die grauen, den Staub, die Trauer, die alten Uniformen. Mein erster Kletterberg war ein Trümmerhaufen. Die erste Rutsche führte in einen Bunkerschacht. Windpocken kamen von irgendwo und Flöhe, die auf mir lebten, kleine schwarze Punkte, zerdrückt von fremden Händen, von vertrauten. Wir aßen uns an Brennesseln satt. Die schlechte Zeit. Kartoffelschalen und Sauerampfer vom Wegesrand. Wir aßen und aßen. Es war nicht viel. Von den Verwandten am See in Bayern kamen Mehlpakete, ein Schinken, Wurst. Wie soll die Mutter hamstern gehn, wenn der Vater in Gefangenschaft. Die früheste wirkliche Erinnerung ist die Bahnfahrt nach dem Süden, auf Umwegen ging es nach Bayern. Alles in Dunkelheiten getaucht. Es ging wohl um den Endsieg. Ich lag auf einer Holzbank im Abteil. Das flackernde Licht muß mir in Erinnerung geblieben sein, nicht jene Photographiererei: ich, auf einem bayerischen Sofa im Babykostüm, geknipst vom Rußlandurlauber oder seinem Bruder, dem über Nacht weißhaarigen Stukaflieger. Zweijährig sitz ich dann am Goetheplatz in Hammerstein, auf der Ecke des Sandkastens, werfe die Arme hoch, lachend, froh. Deutschland hat kapituliert. Ich, das dicke Kind, vaterlos, von der Mutter genährt in der schlimmen Zeit, fröhlich, strohblond. Ihr liebstes Peterle. Die Sonne schien. Was wußte ich vom Frieden, den es nicht gab. Ich fiel vor lauter Lachen, Dicke von dem Holzbrett in den Sand, wurde gehalten, losgelassen, geknipst, fiel wieder hin. Hatte noch nicht laufen gelernt, ein Bettkind, das immer gehalten werden wollte. Dann der Dreijährige, das Lächeln arretiert von der Kamera der Nachbarn, die hießen Freund, und Mutter flüsterte immer, wenn sie über die Freunds sprach. In der Gartenmauerpose für den fernen Kriegsgefangenen, der nicht nach Hause schreiben durfte, wie gut es ihm ging in Kanada, weil das seine SS-Lagerbonzen nicht wollten. Der Feind bleibt auch nach der Einstellung feindlicher Handlungen ein Feind. Vater hatte einen roten Zorn und arbeitete in einem Holzfällerlager, wo die Militärschikane nicht mehr zog. Der rote Zorn wuchs sich zu einem Tobsuchtsanfall aus, als er nach der Heimkehr 1947 von der Mutter hörte, daß sie fast zwei Jahre lang nicht wußte, ob er die Gefangennahme in der Normandie überlebt hatte, weil alle Nachrichten aus Übersee von den Nazi-Behörden konfisziert wurden. Lieber einen totschweigen als dulden, daß einer sagt, für mich ist gottseidank der Krieg jetzt aus. Doch dieses Bildchen hatte ihn erreicht. Das Söhnchen in den weißen Knienetzstrümpfen. Ein Sonntagskind. Was war mir Sonntag, Werktag, alles eins. Einmal lief ich, noch nicht drei, die lange Strecke zum entfernten Garten, von Hammerstein nach Vohwinkel, wo hinter Sträuchern am Bahndamm die Zwangsarbeiter winkten: Tschechen, Russen, Polen, eine Slawenkolonie. Die Mutter gab ihnen manchmal ihren klei-

nen Sohn, der ging von Arm zu Arm. Und schenkte Beeren aus. Ein Lachen war das, fast zum Heulen. Da lief ich an dem Nachmittag hin, saß mutterseelenallein auf halbem Weg am Straßenrand, wo ein Bekannter mich entdeckte, der in der nahen Fabrik arbeitete. Der dachte sich, ich seh nicht recht und brachte mich dann heim. Wie sich alles aufbauscht in der Erinnerung, die man erzählen hört, der Schreck, das Glück, die Erleichterung.
Im eisigsten der Winter, 47, war es soweit. Der Fremde kehrte heim, füllte das Zimmer mit sich, kanadischen Wollsachen, englischem Zigarettenrauch. Eukalyptusbonbons. Der glimmende rote Punkt nachts. Eisbären kamen in das Zimmer, warfen die Betten um, suchten den Honig, von dem es, ach, so wenig gab. Geschichten, Geschichten. Und erst die Überfahrt. Ich sah durch diese Dunkelheit schneeweiße Weiten, eine Welt, die nachts ganz Zauber war. Da schlief ich ein und träumte mich mit aller Macht aus meinem Bettchen fort.
Im Herbst darauf zogen wir nach Vohwinkel, auf die „Insel", im Westen der Stadt. Der Platz mit der Kastanie, die stellte alle anderen Bäume in den Schatten. Zwischen Straßen, Gärten, Fabriken, Eisenbahn und Kabelwerk lag das Karree der Häuser. Dienstwohnungen, in denen es anfangs nur Brotsuppe gab. Einzimmerwohnungen für manche, die da zu viert und fünft hausen mußten. Lieber aß ich die Früchte, stahl von den Bäumen, Sträuchern. Lief in die hellen Buchenwälder im Osterholz, ließ mich vom Gewitter warm waschen, saß unter der Kastanie, die in das Himmelsblau ihre hellen Kerzen brannte. Dann folgte der Platzregen der stacheligen Kugeln, die wir uns mit viel Geschick nachwarfen und auf die Dächer schickten oder an Fensterscheiben, um zu laufen, als gelte es das Leben. Versanken dann im Laub, atmeten den Staub, bis er dunkel wurde, nachtschwarz.
Aber die Sirene der Fabrik, auch sonntags. Erst später hat man sie an Ruhetagen abgestellt. Die Züge standen nie still. Der immer verschiebende Rangierbahnhof, Tag und Nacht. Noch in den Träumen das Pfeifen, Stoßen, Hemmschuhquietschen, Eisen auf Eisen, ein schriller Vogel. Morgens ging ich durch den kilometerlangen Arbeiterzug die Fabrik entlang zur Schule. Gegen den Strom schwimmen. Ich habe sie alle mitgenommen mit den Augen, die platten einheimischen Heinis, die flachsten schon frühmorgens um sieben, die braunen Jungs mit ihren blitzschnellen Schweinezungen oder Daumen zwischen zwei Fingern, Klöten, grinsten sie; die Lehrlinge, Gesellen, Meister, die besseren Herren, denen die Typistinnen nachtrippelten, kostümeingewickelt, auf Stöckelschuhen. Das sah urkomisch aus, wie die Beine auf dem Vorstadtpflaster knickten. Dann die Flüchtlinge aus dem Osten,

besorgtere Gesichter, ihr anderes Deutsch, das oft verlacht wurde. Und die Fremden, Jugoslawen, Griechen, Türken, Italiener, Spanier, bis von Marokko, Tunesien. Ihr Stummsein, Lachen, die unverständlichen Zurufe, die verständlichen Gesten. Die Hilfsarbeiter, die ganz unten. Der eine, freitags blutend, torkelnd, sein aufgeschlagener Kopf vor dem Wirtshaus im Lachen der andern. Seine Wunde wurde nicht gestillt, nicht sein Schmerz, nicht meiner.

Ich lernte traurig sein. Saß bei den Familienfesten in der Runde, fiel heraus. Es begann ein Film in mir. Die Kamera, die aufnimmt, die sich zur Übersicht auf Distanz hält. Wenn es zuviel wurde mit diesem Feiern und den Geschichten, die wie das Bier später in den halbleeren Gläsern schal rochen, lief ich weg. Durch die Felder, durch die Wälder, den Westwind im Gesicht, warf Steine nach den Vögeln, stahl Mirabellen, sammelte Bucheckern, las in den Gesichtern der Mädchen die Spiegelschrift, die ohne Spiegel Rätsel blieb. Ich schwamm in den grünen Steinbrüchen, die heimtückisch kalt waren im heißesten Sommer. Kälte, keiner wußte wie tief. Hörte einen reden über das Sein und das Nichts, über Sartre. Las von Camus die Pest. Ich fühlte im Schatten der Bäume die brennende Haut, der Kopf wurde leer, wieder voll. Auf dem Fahrrad fuhr mir der Wind in den Mund.

Vorstadtkindheit. Die wirklichen Bilder und die vorgestellten. Mein Augenhunger fraß sich durch Bildbände, Klee, Heckel, Kirchner, Nolde und van Gogh. Ich lief herum mit abgeschnittenen Ohren. Blau wurde der Himmel, krähenschwarz. Gide, Camus, gelesen im Taschenlampenlicht unter der Bettdecke. Noldes Feuersbrünste in den Aquarellen. Nolde, der sich in eine Erdscharte legte, nackt. Ich schnitt mein Gesicht ins Holz, stieg auf den Berg, sank in den Schacht. Wo geht es lang? Als es in mir zu gären anfing, dachte ich an die Liebe der beiden Dachdeckerkinder, Bruder und Schwester, immer zusammen, Hand in Hand, auf dem Hof gegenüber der Kirche. Was ist es, das die Menschen bindet. Ich liebte beide, stürzte im Traum von dem Kirchturm, nur um ihnen nahe zu sein. Wie ein Vogel der Lust. Das verging.

Ich malte, entzündet von den Farben. Das satte Grün, die blankgeputzten Wälder im März, das gelbe Geknalle der Büsche, die viel tieferen Farben später. Dazu der Rost der Eisenwelt um mich herum. Auch an mir war der Rost, die Verkrustung. Die Ferien am bayerischen See jeden Sommer polierten mich wieder auf. Den Fischen nahe sein, sie sterben sehen und essen. Der Geschmack der Schuppen auf der Zunge. Wird jede Schuppe ein Stern. Stärker als alles später Brot und Wein. Ich trat da zu mir selber. Der Rost fiel ab, für eine Zeit. Weil ich schon lange suchte, ging ich weg, als die

Schule dem Ende zuging, aber welches Ende, die Eltern wollten mich schon früher herunternehmen, um etwas Ordentliches zu lernen, aber ich bestand auf Studieren, das ich zuerst als Fahrschüler in Köln begann. Fahrten über die Kölner Rheinbrücke am Morgen, bei Nacht. Die vielen Zuggesichter, die haften blieben, dann in den Tunnel des Gedächtnisses verschwanden, von wo sie auftauchen, je und je. Der Sprung nach Bonn, in die dickste rheinische Provinz. War das nun Hauptstadt oder nur ein Rentnerstädtchen mit Kappesfeldern um die Ecke? Ich studiere, weil ich so einsam bin. Der Kopf füllt sich mit Lesemüll aus allen Jahrhunderten. Die jeweiligen Durchbrüche. Lichtenberg schlägt seinen Blitz ins Gehirn. Gewitztes Wetterleuchten der Phantasie. Schön ist das Studium, man muß nur eine Realität darum machen. Von der Schloßstraße in die Goethestraße. Den Tiefsinn der Wanderjahre erforscht. Kafkasche Nachtarbeit. In Beuel auf dieses Land gespuckt. Studenten regen sich. Die Spiegelaffäre. Werden wir wieder alle verschaukelt, wie die Väter, Mütter, Onkel, Tanten? Lauter Männer ohne Eigenschaften. Und die Frauen. Keine Experimente. Mahler gehört. Der Schallplattenverkäufer, der erste schöne Mann, der mir wirklich aufgefallen ist, stirbt, Leber kaputt. Ein Freund erzählt mir fassungslos davon, hat ihn in der Pathologie vor sich liegen. Späte Beethoven Quartette. Schönberg. Webern. Die Liebe zu Berg. Proust als Zuglektüre. Einen Wintermonat Combray erforscht. Von Kirchturm zu Kirchturm. Albert Albertine. Mannfrau Fraumann. Kindheitseindrücke formieren sich. Meine Madeleine ist eine Kastanie, uneßbar. Ich trinke Luft von einem anderen Planeten. Der Mann von fünfzig Jahren. Seine zweite Pubertät. Indische Musik. Ich bin ja aus der ersten kaum raus. Frauenlieben. Kein Leben das, wenn alles so scheitert. Entzug nach München. In Mozart verliebt. Mit ihm auf dem Küchenstuhl gesessen. Ein Tritt vom gnädigsten Erzbischof. Die ganzen Beethoven Quartette mit den Amadeus-Leuten. Neue Musik. Das neue Kino. Nachtgänge mit dem nicht versöhnten Filmemacher. Ozus Herbstfilm. Die große Ruhe überkommt mich. Es riecht zwei Jahre nach Revolution. Die Schildbürger von Schwabing. Eine Ehe tut not. Ein Durcheinander ist diese Autobiographie. Abbruch, Abschied, Trennung. Amerika. Wer hat es besser. Ich fuhr 68 durch die Höllenviertel Amerikas. Meine weiße Seele wurde schwarz, so brannte das. Bin ich gekommen, das alles zu sehn. Wo habe ich mich denn hingestellt. Was bildet denn Bewußtsein, Auge oder Hand. Amerika ist jung, aber was da wehtut ist alt. Alle Poren offen, laß ich es herein. Noch immer.

Ich merke das erst jetzt, was ich aus meiner Stadt mitgenommen hab. Wo ich herkomm, W. und ich, wir verstehen uns auf Distanz.

Kein sentimentales Verhältnis. Liebe kommt da wohl schon auf. Die ist so spröde wie alles dort. Gewiß, manche Ecke war ganz schön. Lieblich auch. Der Fluß, das Tal, die hellen dunklen Wälder, die Hügel, so geschunden sie jetzt sind. Bergisches Land. Heimgesuchter Rhythmus, der sich lange zäh gewehrt hat. Aber der große Krieg war ein Lavastrom. Das brannte alles wie Zunder. Und nach dem Krieg wurde vieles noch schlimmer. Wiederaufbau auf kurze Sicht. Zu vieles riß man einfach weg. Das Wenige an Tradition, der graue Schiefer, Fachwerkbau. Das gab der Landschaft keine Pfirsichhaut, war dennoch schön. Statt dessen Graubeton. Umgekippte Steinbrüche. Mit Sinn für das Reelle und was läuft trug man den Schuttberg ab und setzte neue hin. Zum Glück nicht überall. Und als dann viel verpatzt war mit falscher Modernität, dämmerten ihnen die Fassaden auf, die aus der Gründerzeit und Jugendstil die Stadt verschnörkelt hatten. Lieber ein altes Ornamentverbrechen als diese neue Betonkriminalität. Die Stadt, die viel zu lange ein Klein-Klein aus den Gemeinden war, die dann zusammenwuchsen durch die Industrie, ist so gepalten, widersprüchlich wie eng und lang und tief und hoch. Himmelstreppen und ein Abwässerfluß, Fabrikantenpracht und Proletenelend. Die langen Häuser, zwei Exemplare der Mietswohnungen aus der Zeit der Frühindustrialisierung, die den Fluß mauerdick begradigte und ihm die Kurven ein für alle mal festlegte, sind Beispiele, wie man den Fortschritt hier betrieb: logisch, was die Verhältnisse verlangten. Möglichst viele auf den engen Raum. Statt jener Hütten, die den Palästen Kriege machten, die Ratio des Rechtecks, des Karrees.

Prosaisch trocken, flink, gewitzt die Leute, die platte Sprache derb, knallbunt. Aus Zeiten, die vergangen sind, die Helligkeit der Augen, ohne den Schimmer dieser Dunkeltiefen, die Leben bedenklich machen. Wie man hier fest auf dem Boden steht, wachsen die Tatsachen. So Leuten kann man noch das Fliegen beibringen. Dafür ist es nie zu spät.

Was man mit einer Stadt so machen kann. Wuppertal als Beispiel. Eine Provinz, die exemplarisch ist. Rückschritt und Fortschritt und im Fortschritt Rückschritt auch. Raubbau und Eingehen auf die Natur. Die hat sich hier nicht ohne Verschwendung gezeigt. Sie hat das Tal mit Möglichkeiten versehen, so wie die Menschen das Mögliche ins Tal packten. Die Stadt gibt das auch ganz offen zu, verheimlicht nichts. Zeigt her ihre jüngste Geschichte, die zweite Natur, die die erste konkurrenzlos gemacht hat. Fabriken, Industrie, Chemie, am Fluß entlang, die Hügel hoch, die Nebentäler voll. Was zu sehen ist. Die Realität. Ungeschminkt. Das Auf und Ab entfaltet es auch schön. Sichtbar. Und mildert wohl mit vielem

Grün, was sich da eingenistet hat. War das so vorgesehen, als sich die Gemeinden hier reformierten, Jahrhunderte zurück und alsbald den Segen dieser Erde – und des Wassers – als Gottes Lohn verstanden? Ohne den Calvinismus und die religiöse Splitterei, wär das Wuppertal ein Tübingen geworden? Die haben ihren Mann im Turm, den Hölderlin, wir unser Elseken. Die Judenfrau und Dichterin. Die hat der Stadt viel Liebe zugeflüstert. Da war noch Reich und Preußenhörigkeit eine Oberschichtenloyalität. Und Arbeitskämpfe. Sie sang vom Fluß als Schlagader der Arbeit. So schwarz die Stadt auch war, die herrschenden Interessen, rot war ihr Herz. Davon sind jetzt auch noch die Spuren da. Das hat mich aufgestört. Die Kindheit in Wuppertal war ein vielfaches Glück, draußen am Rande der Stadt, und ein vielfaches Erwachen zu dem, was in der Stadt, Umgebung, losgewesen war, Geschichte, Krieg und Gegenwart. Immer vor Augen, der Rhein, nach Westen hin, Berlin, für mich der Inbegriff, das Monument des deutschen Unheils so weit weg. In Wuppertal aufwachsen, Deutscher werden. Was das heißt. Und aus allem, was man mitkriegt, den andern Atem mitnehmen, den Traum für Unerreichbares, für Phantasie, die blaue Welten baut. Diese Sehnsucht kommt von meinem Ursprung her. Kindheit in W., das ist eine Herkunft, die sich gewaschen hat und ins Weite will. Heimat ist das, was allen in die Kindheit scheint, sagt Ernst Bloch. Prinzip Hoffnung. Das hat die grüne Stadt am grünen Fluß im grünen Land fertiggebracht, mir in die Kindheit zu leuchten, mit allen Farben der Erdschwere und ein paar traumleichten, mit denen ich davongeflogen bin. Während es in W. weitergeht im Sinne dessen, was läuft, strebsam, fleißig, reell, bin ich fern und doch der Stadt auch treu. Seh an mir, wie ich so geworden bin und anders.

Schreiben

Wann das Schreiben anfing, weiß ich nicht mehr. Das liegt dunkel zurück wie erste Atemzüge. Natürlich kam das Schreiben viel später. Erst die Kindereindrücke, die Staubpfützen im Sommer, der Schneematsch im Winter, wenn's hoch kam, mal zwei Wochen ordentlich weiß mit Verwehungen. Und immer der schwarze Staub auf den frischen weißen Schnee. Kohle, Fabrikstaub, Luftstaub. Kommt der Dreck endlich runter, sagten die Leute. Aber unser weißer Schnee. Wir aßen ihn trotzdem, unter der Kruste, das weiche kalte Zeug. Manchmal sprangen fast die Zähne davon. Heißhunger auf Schnee. Wir kriegten nie genug.

Erst kamen auch die anderen Medien, Zeichnungen mit Stiften, mit Kohle, Wasserfarben, Holzschnitte, Lenolschnitte, Öl. Werkunterricht. Jedes Jahr eine Stufe weiter. Wann werden wir große Künstler. Das geht so langsam. Im Sommer nach dem Regen waren die Staubpfützen herrlich lehmig. Wir kratzten mit den Händen die klebrige Masse zusammen, formten Lehmbälle, warfen sie gegen die Fabrik. Heute malen wir wieder, erst rund um die Fenster, dann gegen die Scheiben, bis wir auf den Geschmack kamen, die Scheiben einwarfen. Das klirrte ganz lustig, bald ist Feierabend, und als wir endlich fertig waren, wußten wir, daß das dicke Ende nachkommen mußte. Über die kaputten Scheiben regten sich in spiralförmiger Reihenfolge zuerst Leute von der Fabrik, dann die Lehrer, die Eltern und schließlich all die auf, die nicht mitgemacht hatten. Das nächste Mal, Jungs.
Vielleicht, wenn damals schon Schreiben da gewesen wäre, hätten wir statt Scheiben Papier malträtiert. Schreiben hatten wir natürlich schon längst gelernt in der Schule, ganze Kladden voll, und Lesen ging wie am Schnürchen. Die Lesebücher, daran lieber erst gar nicht denken, da wurde sogar uns Kindern damals schon übel, und erst heute! Aber das Schreiben, das unverlangte Schreiben, das so eines Nachmittags einsetzt, weil das eben der Augenblick ist, wo man's braucht wie einen wichtigen Brief, der an einen Freund geht, auf den es ankommt, dieses Schreiben schlummerte noch irgendwo zwischen Fabrik und Schule. Vielleicht in den fragenden Gesichtern der Vorübergehenden auf dem Schulweg.
Die gute Handschrift. Wie uns das ärgerte, immer fein die Buchstaben ausziehen, die Linien einhalten, die roten Striche, die Strafen, die nicht ausblieben, die eigentlich Schreibverbote waren, denn die blöden Strafaufgaben, hundertmal denselben Satz, die killten das andere Schreiben, das schon in den Fingern steckte, noch völlig unerkannt, aber schon da. Wir äfften die gute Handschrift nach, im Winter, standen nebeneinander, fein säuberlich in einer Reihe und schrieben unsere Namen in den Schnee, mit unserer Körperflüssigkeit, denn wir wollten nicht einfach ‚schiffen' sagen, schließlich war dies ein feierlich pißgelber Akt der Rache an den Schreibpolizisten, die uns piesackten mit ihren bösen Schreibregeln. Ich wäre wohl nie dazu gekommen, wenn es nicht mal irgendwie passiert wäre.
Sie war sehr schön, vielleicht fünfzehn, sehr blaß, obwohl schon seit Tagen im Strandbad, und schwimmen konnte sie wie ein Fisch, aber ich sagte Schmetterling, denn sie schwamm auch im Schmetterlingsstil. Blumen zog ich mit den Fingern aus dem Gras, aber ihr Falter zu sagen, fand ich überspannt. Dennoch gingen wir nachher gemeinsam durch den Wald. Gespräche zweier Fünfzehnjähriger

jähriger über die Schule, gemeinsam durch den Wald spazierengehend. Ich weiß auch noch die Haarfarbe, nußbraun, aber die Farbe der Augen, ich müßte sie erfinden. Schreibst du gern, fragte ich sie, und da merkte ich, als sie sagte, daß sie nie daran gedacht hätte, zu schreiben, daß ich durch eine Welt von ihr getrennt war. Dabei hatte ich Schulaufsätze gemeint. Sie hatte aber den anderen Sinn verstanden, der mir erst jetzt aufging. Es war ein Mißverständnis. Sie wohnte weit weg, in Essen, das war von Wuppertal eine gehörige Strecke. Postlagernd hatten wir uns Briefe versprochen, die auch kamen. Einmal kam sie mit dem Fahrrad. Weil es so weit war, hatte sie in Velbert sich von einem Lastwagen mitnehmen lassen. Auf einmal stand sie vor der Haustür, und verstecken konnte ich sie auch nicht. Ich hatte auf einmal ein Buch in der Stadtbücherei vergessen. So schnell war ich noch nie von zu Hause fort, nur um dem dortigen Mißtrauen zu entgehen. Mädchengeschichten. Das war damals noch eine schlimme Sache in dem Alter, jedenfalls bei uns zu Hause.
Es ist zwar alles schon sehr lange her, aber doch nicht zu frei erfunden, wenn ich sage, daß sie meine Briefe mochte. Du schreibst so schön, da mußte sie kommen. Das gab mir so viel zu denken, daß ich ganz glücklich davon wurde und ihr zeigte, wie man Rad schlägt. An der Wupper sagte sie scherzhaft, ich spring rein und zeige dir den Schmetterling.
Aber natürlich war das erste Gedicht ganz anders. Aus der Wohnküche ging der Blick auf ein Kabelwerk. Da kamen im Februar, wenn die Sonne wirklich sehr rot unterging und schon so früh, die Arbeiter aus dem Fabriktor, eine müde Schlange, die sich schwarz die Straße entlang schlängelte. Nur selten ein Auto mit Standlicht. So früh in den fünfziger Jahren war das noch. Kaum Verkehr bei uns. Ich schrieb dann wohl ein Herbstgedicht oder etwas über die Liebe im Herbst. Graue Wolken kamen drin vor, etwas Blei am Himmel, die schwarzen Asphaltsteine und wohl Bäume, die ihr Laub verlieren. Natürlich ein Fluß. Da mußte doch ein Fluß rein. Aber das mit dem Schmetterling paßte nicht mehr. Das war schon eine andere Jahreszeit.
Zum Glück hat sich mein erstes Gedicht nicht erhalten. Ich bin nicht einmal sicher, daß es mein erstes Gedicht gibt. Selbst wenn man mal etwas hinschreibt, was sind dann die vielen ungeschriebenen Texte, die da mitgeistern? Schreiben als Spitze des Eisbergs vielleicht.
Mein erstes veröffentlichtes Gedicht nach fast zwanzig Jahren Schreiben, Wegwerfen, Aufheben, Vergessen, Neuanfangen, Weiterschreiben erschien 1977 in den FRANKFURTER HEFTEN. Ich hatte im Jahr davor einfach mehrere Zeitschriften ange-

schrieben und Texte losgeschickt. Zwei kamen damals an. Das erste ist insofern von Bedeutung, weil es mit dem wirklich ersten Gedicht, das es gar nicht gibt, zusammenhängt. Denn es kommt aus den Erfahrungen, die ich damals gemacht habe, als Schreiben für mich noch ein unbekannter, unentdeckter Kontinent war. Der Titel „Verbrauchter Garten" meint die Erfahrungen im Rhein-Ruhr-Industriegebiet, obwohl das Bergische, wo ich herstamme, noch sehr viel intakte Natur und schöne Wälder und Hügelzüge hatte, die inzwischen zersiedelt sind in einem Maße, daß ich's hasse. Ein Kollege, ein sehr berühmter Mann, den ich deshalb nicht nenne, weil es unbedeutend ist, erwähnte das Wort „Tagesbruch", das er bei einem Spaziergang auf dem Gelände der Bochumer Universität auf einem Schild gelesen hatte. „Vorsicht Tagesbruch". Nach dem Krieg klauten die Leute Kohlen aus Stollen, die ziemlich nah an der Oberfläche waren, später sackte das Gestein nach, weil darunter kaum abgestützt war. Und jetzt also „Tagesbrüche", zur Warnung für wandernde Germanisten wohl. Als ich das Gedicht geschrieben hatte, weil ich das Wort „Tagesbruch" so gut fand und in ihm eine ganze Geschichte dieses Raumes aufgehoben sah, als es auch schon veröffentlicht war, kam ich selber nach Bochum, stand auf den Betonschiffen, die ein architektonischer Wahnsinn von kriminellem Ausmaß in die dort sehr schöne Bochumer Landschaft verankert hat, und hatte auf einmal nur ein Verlangen: einen riesengroßen „Tagesbruch", um dies Ungestalte, diese schrecklichen Klötze nordrheinwestfälischer Bildungsfehlplanung versinken zu sehen, Stein zu Stein, wo vorher Kohle war, die ein paar Armen rundum das Feuer gab, die schlechten Nachkriegswinter zu überleben.

„Tagesbruch". Wenn ich es ins Englische übersetze und „Daybreak" sage, merke ich, wie reich an Bedeutung, wie schön dieses seltsame Wort ist. Bergarbeitersprache. Bestimmt keine Dichter. Aber ihnen verdank ich eine meiner ersten poetischen Ideen, die Schwarz auf Weiß jetzt dastehen, unwiderruflich.

Damals, als wir mit den Fingern in den Lehm Buchstaben einritzten oder Männchen machten, natürlich auch sehr phantasievolle Frauen zustandebrachten, lernten wir, daß runder, harter Lehm sich glänzend eignet, nicht nur gegen eine Scheibe zu klatschen, ein Geräusch, bei dem wir jedesmal frohlockten, sondern es folgte auch ein Klirren, zu unserem Entzücken. Aber der Hauptspaß kam erst, als wir methodisch vorgingen und eine Scheibe nach der anderen zerdepperten. Etwas davon ist mir im Schreiben geblieben: die Freude am Spiel und das Wissen, wenn's drauf ankommt, dann werfen wir denen die Bude ein. Freilich, nur ein bißchen Dreck in die Bude, denn die Mauern, ach, die Mauern bleiben stehn. Noch heute produziert die Fabrik. Es sind Fahrzeuge. Aber mit Worten werfen können oder einen Schmetterling über dreißig Kilometer herbeizaubern. Damals muß ich wohl geahnt haben, daß Schreiben und Fliegen im Traum nahe verwandt sind. Im Schreiben die „Tagesbrüche“ aufdecken, da, wo die Wirklichkeit die verborgenen Löcher hat, wo noch was zu holen ist, wo wir was versenken können, was wir nicht mehr brauchen. Was bin ich froh, daß nicht jeder Zentimeter Boden unter unseren Füßen gesichert ist. Schreiben als Basisarbeit: erst mal was Festes unter die Füße und dann kommt das Fliegen.

Herrn Hubert Habicht mit Dank

Verbrauchter Garten

Der alte Schrebergarten dort
im Winkel zwischen Rhein und Ruhr
am Bahndamm zur Zeche Viktoria:

Aufgestapelte Betonschwellen
wo einmal die Holzbank stand
unter dem Kastanienbaum;

Verschüttet von Halden die Laube,
verschwindend im Tagesbruch der Zaun
wie klares Blau im Öldunst.

Aussichtsloses Wetter, sagen die Leute
vorm Fernseher und wundern sich über
gar nichts mehr in der weiten Welt.

Nachwort

Peter Beicken beschränkt sich konsequent auf ein ausgespartes Areal: Stadt Wuppertal, das Wuppertal, die Region. Sein Wuppertal-Zyklus rückt ihn in die Nähe von Autoren wie Arno Schmidt und Jürgen Becker, die ähnlich in ihren Werken vorrangig einen Landschaftsausschnitt ausleuchten und auslaugen in Geschichte und Gegenwart: Köln und Umgebung; die mittlere Lüneburger Heide.

Beicken sichert in seinen Wuppertal-Gedichten die herrlichen und schrecklichen Episoden dieser bergischen Gegend. „Bergisch" will hier verstanden sein als geographischer Hinweis, weniger im streng historischen Sinne eines gewachsenen Herzogtums Berg.

Beicken entdeckt die poetischen Reize eines der ältesten hochindustrialisierten Gebiete Deutschlands in gesamtgesellschaftlichen Bedingungen und Einzelschicksalen.

Impressionen mit Stabile-Funktion bauen sich auf zu Mobile-Strukturen: Dreh- und Spiegelflächen der Wuppertaler Region, assoziativ in Bewegung gesetzt durch die Phantasie des Lesers.

Friedhelm Pamp

Drucknachweise

Die nachstehenden Gedichte sind gegenüber dem jeweiligen Erstdruck hier entweder unverändert (u) oder verändert (ver) wiedergegeben. Besonderen Dank schulde ich Hubert Habicht, Friedhelm Pamp und Johann P. Tammen für die Erstveröffentlichungen. Alle bisher unveröffentlichten Texte sind in den Jahren 1976 bis 1983 entstanden und wurden für diese Ausgabe in der Zeit von Januar bis Ende Februar 1983 revidiert. Eine zweisprachige Auswahl (Deutsch-Englisch), *Kindheit in Deutschland – Childhood in Germany,* wird in einem amerikanischen Verlag vorbereitet.

„*Kartoffelfeuer*“ (u): Romerike Berge. Zeitschrift für Heimatpflege im Bergischen Land, Burg an der Wupper, 30. Jg. (September 1980) H. 2, S. 82
„*Burgholz*“ (u): die horen. Zeitschrift für Literatur, Grafik und Kritik, Hannover, 24. Jg. (Sommer 1979) Bd. 2, Ausgabe 114: Thema „Deutschland“ (Teil II). Heimat, Umwelt, Utopie oder Versuche, zu überleben, S. 7
„*Gruiten*“ (u): Romerike Berge, S. 82
„*Schöller*“ (ver): Frankfurter Hefte. Zeitschrift für Kultur und Politik, Frankfurt a. M., 35. Jg. (April 1980) H. 4, S. 60
„*Osterholz*“ (u): die horen (1979), Ausgabe 114, S. 8
„*das Kabelwerk*“ (u): Romerike Berge, S. 82
„*Landschaftsmalerei*“ (u): die horen, 25. Jg. (Winter 1980) Bd. 4, Ausgabe 120, S. 129
„*meine Geburt*“ (ver): Spektrum. Internationale Vierteljahresschrift für Dichtung und Originalgraphik, Zürich, 21. Jg. (März 1979), S. 2 Nr. 82 „Süuren“
„*Kindheitsbaum*“ (u): die horen, 22. Jg. (Winter 1977) H. 4, Ausgabe 108, S. 83. Die Welt der Kinder auf dem Papier. Texte & Meinungen, Trends und Märkte
„*der Baum der Schreck die Angst*“ (u): die horen ,1979), Ausgabe 114, S. 6
„*Kinderbusch*“ (u): Romerike Berge, S. 81
„*Klatschmohn*“ (u): Romerike Berge, S. 83
„*der letzte Ferientag*“ (ver): die horen (1979), Ausgabe 114, S. 7
„*Drachen*“ (u): die horen (1979), Ausgabe 114, S. 8
„*Kinderhände*“ (ver): Spektrum, 22. Jg. (Dez./Jan. 1979/80), S. 3, Nr. 85, „Welt des Kindes – Kinderwelt“
„*unser Tal*“ (ver): die horen (1979), Ausgabe 114, S. 6
„*Petroleumsviertel*“ (ver): Frankfurter Hefte, 35. Jg. (April 1980) H. 4, S. 35. Vgl. Romerike Berge, S. 83
„*Talsohle*“ (u): Standorte. Gelsenkirchener Zeitschrift für Literatur und Kunst, 1. Jg. (Dezember 1977) Nr. 3/4, S. 28
„*Bombensicher*“ (ver): Romerike Berge, S. 83
„*Spielplatz Loher Brücke*“ (ver): die horen (1977), Ausgabe 108, S. 84
„*1. Mai 1933*“ (ver): vgl. das Prosastück „Der letzte Sonntag der Anna Mirke“. das nachtcafé. Zeitschrift für Literatur, Kunst & Kritik, Freiburg i. Br., 7. Jg. (Sommer 1981) Nr. 18, S. 31–32
„*Matinee*“: „*Nuit et Brouillard*“ (*„Nacht und Nebel*“*),* 1955, ein Film von Alain Renais (geb. 1922)
„*die alte Hausfrau*“ (ver): Frankfurter Hefte, 36. Jg. (November 1981) H. 11, S. 36
„*der Hausierer*“ (ver): Frankfurter Hefte, 37. Jg. (Juni 1982) H. 6, S. 42
„*der Rentner*“ (ver): Klingsor. Zeitschrift für Lyrische Texte und Kritik (Juni 1982) H. 7, S. 27
„*mein einer Großvater*“ (ver): reutlinger drucke, 15. Jg. (März 1980)
„*wie ich so geworden bin*“ (ver): Vgl. Romerike Berge, S. 80 f.
„*Schreiben*“: 1979 geschrieben für eine Anthologie „*Schreiben*“ der Essener Literaturzeitschrift „*Schreibheft*“, die nicht zustandekam. Für diese Ausgabe überarbeitet im Januar 1983.
„*Verbrauchter Garten*“ (ver): Frankfurter Hefte, 32. Jg. (Juni 1977) H. 6, S. 57. Mein erster veröffentlichter Gedichttext, Hubert Habicht, von den Frankfurter Heften gewidmet.
Die Drucknachweise sind zugleich Dankabstattung an die Herausgeber der hier angeführten Zeitschriften.

Inhaltsübersicht